MI PRIMER
DICCIONARIO

PANAMERICANA
E D I T O R I A L
Colombia • México • Perú

Naranjo, John

Mi primer diccionario / John Naranjo. -- Bogotá : Panamericana Editorial, 2015.

60 páginas : ilustraciones ; 28 cm.

ISBN 978-958-30-4934-7

1. Español - Palabras y frases - Diccionarios 2. Literatura infantil - Diccionarios 3. Enciclopedias y diccionarios para niños

I. Tít.

R462.03 cd 21 ed.

A1491889

CEP-Banco de la República-Biblioteca Luis Ángel Arango

Primera edición enero de 2016

© Panamericana Editorial Ltda

Calle 12 No. 34-30. Tel. (57 1) 3649000

Fax: (57 1) 2373805

www.panamericanaeditorial.com

Bogotá D. C., Colombia

ISBN: 978-958-30-4934-7

Editor

Panamericana Editorial Ltda.

Dirección editorial

Rey Naranjo

Edición

Mireya Fonseca

Diagramación

Rey Naranjo

Fotografía

Shutterstock.com - Royalty Free Images.

Impreso por Panamericana Formas e Impresos S. A.

Calle 65 No. 95-28. Tels. (57 1) 4302110-4300355

Fax: (57 1) 2763008

Bogotá D.C. Colombia

Quien solo actúa como impresor

Impreso en Colombia - *Printed in Colombia*

Introducción

Mi primer diccionario es un libro diseñado especialmente para las niñas y los niños. Su objetivo es ayudar a los pequeños lectores a explorar las palabras del mundo que los rodea y a ampliar su conexión con la realidad a través del conocimiento de los significados y usos de esos términos.

Este libro hace énfasis en los temas cercanos a los niños, como los objetos del hogar y del colegio, el medio ambiente, el paisaje y las plantas, los animales y los alimentos. Sus definiciones son claras, sencillas, y están acompañadas por una frase que complementa su uso y por sinónimos que enriquecen el vocabulario.

Finalmente, las imágenes que acompañan las definiciones facilitan la comprensión de cada palabra.

Modo de uso

El lector encontrará, en primera instancia, un identificador de cada letra, seguido por la palabra que se va a definir, un sinónimo —en los casos en que esto se dé—, su definición, una frase de ejemplo y la imagen fotográfica para su comprensión.

Mayúscula

Minúscula

Aa

Letra

Palabra

Sinónimo

ábaco
contador

Tablero de madera
con cuerdas
y esferas. Se usa para
hacer operaciones
aritméticas.

El **ábaco** es originario
de China.

Definición

Ejemplo

Clasificación de las imágenes

Como una novedad, hemos catalogado las imágenes del presente volumen con una clasificación cromática que les permite a las niñas y a los niños identificar los diferentes elementos que complementan la información lexicográfica.

Plantas   Animales   Alimentos   Objetos   Verbos   Personas

Aa

ábaco
contador

Tablero de madera con cuerdas y esferas. Se usa para hacer operaciones aritméticas.

El **ábaco** es originario de China.

abanico

Instrumento para dar o darse aire.

Mi mamá usa su **abanico** cuando hace calor.

abeja

Insecto de color negro y amarillo, que produce miel y vive en colmenas.

Las **abejas** polinizan las flores.

abrazar
estrechar

Rodear a alguien con los brazos como muestra de cariño.

Me gusta **abrazar** a mi perro.

abrigo

Prenda de vestir que se usa sobre las demás para proteger y abrigar.

Uso mi **abrigo** cuando hace frío.

acuario
pecera

Recipiente de vidrio para recrear hábitats acuáticos.

En mi **acuario** hay peces de muchos colores.

águila

Ave con pico fuerte, garras afiladas, vista aguda y vuelo muy rápido.

El **águila** es un ave de presa.

ajo

Planta alimenticia de color blanco y olor fuerte.

El **ajo** es un condimento de sabor fuerte.

alfabeto
abecedario

Conjunto de todas las letras del abecedario.

El **alfabeto** español consta de veintisiete letras.

alicate

Herramienta que se usa para sujetar objetos o doblar alambres.

En la caja de herramientas de mi casa nunca falta un **alicate**.

alpaca

Animal de la familia de los camélidos.

En el Perú vive el mayor número de **alpacas** del mundo.

alpargata

Calzado muy liviano y delgado, muy común en los trajes típicos.

Tengo unas **alpargatas** muy cómodas.

ambulancia

Vehículo en el que se transporta a las personas enfermas.

Las **ambulancias** piden paso con su sirena.

araña

Arácnido de ocho patas que se alimenta de insectos.

Las **arañas** usan la telaraña para atrapar su alimento.

árbol
arbusto

Planta con tronco de madera y ramas llenas de hojas.

Los **árboles** ayudan a producir el oxígeno que respiramos.

ardilla

Roedor, de veinte centímetros de largo aproximadamente. Vive en bosques y se alimenta de frutos y semillas.

Las **ardillas** almacenan su comida para el invierno.

arpa

Instrumento musical de cuerdas, en forma de triángulo.

El **arpa** es el instrumento nacional del Perú.

arroz

Cereal en forma de grano que sirve de alimento al cocinarse.

En mi casa acompañamos las comidas con **arroz**.

avión
aeronave

Vehículo con alas, que vuela por el impulso de sus grandes motores.

Para visitar a mis abuelos viajamos en **avión**.

azúcar
sacarosa

Grano cristalizado de sabor dulce. Se puede extraer de diversas fuentes.

El **azúcar** nos endulza la vida.

Bb

banano
plátano

Fruta de color amarillo y sabor dulce. Se da principalmente en zonas tropicales.

En el norte del Perú se produce **banano** orgánico.

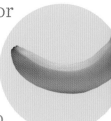

bandeja

Objeto plano que se usa para llevar alimentos o bebidas.

El mesero trae nuestra comida sobre la **bandeja**.

barba

Pelo que crece en el rostro de los hombres.

La **barba** de mi papá es oscura.

barco
navío

Vehículo de transporte acuático.

Por su forma, un **barco** puede flotar en el agua.

baúl
cofre

Mueble en forma de caja, usado para guardar objetos.

Mi abuela guarda su ropa en un **baúl** antiguo.

bigote
mostacho

Pelo que crece sobre la boca y bajo la nariz.

Mi papá tiene un gran **bigote** negro.

bolso

Bolsa para guardar y llevar objetos.

Mi mamá perdió su **bolso** de viaje.

bombero

Persona que se dedica a apagar incendios.

Los **bomberos** sofocaron el fuego y salvaron muchas vidas.

borrador

goma de borrar

Utensilio que se usa para borrar trazos sobre el papel.

Cuando me equivoco, uso el **borrador** para corregir.

botella

frasco

Recipiente con el cuello más delgado que el cuerpo. Se usa para guardar líquidos.

Siempre llevo al colegio una **botella** de agua.

bruja

hechicera

Personaje de los cuentos de hadas. Tiene poderes mágicos.

Las **brujas** viajan sobre escobas.

brújula

Instrumento de navegación que marca dónde queda el norte magnético.

En los viajes usamos la **brújula** para no perder el camino.

buey

Toro domado que se usa en los trabajos del campo.

El **buey** ayuda a los agricultores en sus tareas.

búho

Ave nocturna que se alimenta de pequeños animales. Vive en bosques espesos o en montes sin árboles.

Los **búhos** comen ratones que cazan en las noches.

burro

asno

Mamífero de cuatro patas de la familia de los équidos. Tiene orejas largas, pelo grisáceo y crin corta.

El **burro** es muy útil en los trabajos del campo.

Cc

campesino
agricultor

Persona que trabaja
y vive en el campo.

Los **campesinos**
cultivan los vegetales
que comemos.

canguro

Marsupial herbívoro de Australia.
Se desplaza dando saltos.

Los **canguros** tienen
una bolsa en la barriga
para cargar a sus crías.

caracol

Molusco que vive dentro
de una concha espiral
y cuenta con uno o dos
pares de tentáculos
en la cabeza.

Los **caracoles**
se desplazan de forma
lenta.

carne

Parte comestible de los animales.
Aporta gran cantidad de
proteínas, grasas y minerales
al cuerpo.

La **carne** es una de mis comidas
favoritas.

cebolla

Planta alimenticia de olor
y sabor fuerte
usada para cocinar.

La **cebolla** da sabor
a las comidas.

cebra

Mamífero originario de África,
parecido al burro, pero con rayas
negras y blancas en su cuerpo.

En el zoológico vimos
un par de **cebras**.

celular
teléfono móvil

Teléfono portátil para hacer y recibir
llamadas o enviar mensajes de texto.

El **celular** ayuda a la comunicación
entre personas.

clarinete

Instrumento musical de viento con orificios sobre su tubo.

Toco el **clarinete** en la banda de la escuela.

cocodrilo

Reptil de tres a diez metros de largo. Vive en ríos y lagunas de agua dulce.

La piel de los **cocodrilos** es escamosa, dura y seca.

colibrí

Es el ave más pequeña del mundo. Tiene plumas de colores vivos y pico largo y estrecho.

Los **colibríes** son las únicas aves que pueden volar hacia atrás.

computador
ordenador

Máquina electrónica que recibe y procesa datos para convertirlos en información útil.

A través del **computador** entramos a Internet.

cuaderno
libreta

Libro usado para escribir, tomar notas o dibujar.

En mis **cuadernos** tomo notas y hago las tareas.

cuchara

Cubierto que se usa para los alimentos líquidos.

Con la **cuchara** tomamos la sopa.

cuchillo

Cubierto que se usa para cortar los alimentos.

Con el **cuchillo** cortamos la carne.

cuy
conejillo de Indias

Roedor originario del Perú, que se alimenta de vegetales.

El **cuy** puede ser una gran mascota.

13

Dd

dado

Cubo de seis caras, marcadas con los números del uno al seis.

Usamos los **dados** para nuestros juegos de mesa.

dedos

Extremos de las manos y los pies de los humanos y algunos animales, como los simios.

En cada mano y pie tenemos cinco **dedos**.

delfín

Mamífero acuático de gran inteligencia.

Los **delfines** son animales muy amigables.

destornillador

Herramienta que sirve para apretar y aflojar tornillos.

Hay **destornilladores** de punta plana y de punta de estrella.

diamante

Piedra preciosa de gran valor. Es el mineral más brillante y duro de todos.

Los **diamantes** se usan para hacer joyas y herramientas de corte.

dinero
plata

Billetes y monedas que se usan para la compra de objetos.

Usamos el **dinero** para comprar la comida.

dinosaurio

Reptil de gran tamaño que habitó la Tierra hace millones de años.

En el museo vimos algunos **dinosaurios**.

disco

Objeto plano y circular.

En casa tenemos una gran colección de **discos** musicales.

disfraz

Vestido especial que se usa durante fiestas y carnavales.

Me **disfracé** de león en la fiesta del jardín.

doctor
médico

Persona que cuida la salud y cura las enfermedades.

Debo ir al **doctor** cuando estoy enfermo.

dominó

Juego de fichas rectangulares, divididas en dos. En cada uno de sus extremos, va un número de puntos del uno al seis.

El **dominó** se juega mejor en parejas.

dormir

Entrar en estado de reposo y sueño.

Para estar descansados debemos **dormir** al menos 8 horas diarias.

ducha
regadera

Aparato ubicado en el baño, usado para limpiar el cuerpo.

Las mejores ideas se me ocurren en la **ducha**.

dulce
golosina

Golosina hecha de azúcar.

Los **dulces** producen caries en los dientes.

durazno
melocotón

Fruta de piel suave, de sabor dulce y con una semilla en el centro.

Los árboles del **durazno** suelen crecer en climas fríos.

Ee

edificio

Construcción usada para diferentes actividades humanas: vivienda, teatro, comercio, entre otras.

A los **edificios** muy altos se les llama rascacielos.

elefante

Animal de gran tamaño, con una trompa alargada que usa como una mano para agarrar objetos.

Los **elefantes** son los animales terrestres más grandes que existen.

enchufe

Elemento que se usa para conectar un aparato eléctrico.

A través de un **enchufe** fluye la electricidad.

ensalada

Combinación de diferentes verduras o frutas.

Hay que comer **ensalada** para tener una buena alimentación.

erizo

Mamífero pequeño, con cuerpo cubierto de púas. Se alimenta de insectos.

Los **erizos** sacan sus púas cuando están en peligro.

escalera
escalinata

Estructura que a través de escalones comunica dos superficies en diferentes niveles.

Usamos una **escalera** para subir al techo.

escáner

Dispositivo que convierte textos o imágenes en información digital.

El **escáner** nos sirve para guardar o enviar documentos por Internet.

escarabajo

Insecto de cuerpo ovalado, rechoncho y de patas cortas.

Algunos **escarabajos** se alimentan de estiércol.

escoba

Cepillo largo para limpiar y barrer el piso.

Escoba nueva siempre barre bien.

escorpión

Arácnido de ocho patas y una cola terminada en aguijón.

Los **escorpiones** tienen veneno en sus aguijones.

escritorio

Mesa de trabajo usada para leer, escribir o dibujar.

Tengo un **escritorio** para hacer mis tareas.

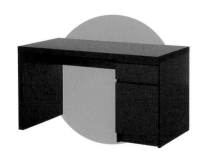

espárrago

Brote comestible, de forma alargada y de color verde o blanco, que crece en las raíces de la esparraguera.

Los **espárragos** con mantequilla saben mejor.

espátula

Instrumento de cocina que sirve para levantar lo que está en las ollas.

Usamos la **espátula** para voltear los panqueques.

espinaca

Planta cultivada como verdura por sus hojas comestibles.

Para hacer la sopa, utilizo **espinaca** fresca.

espejo

Superficie de vidrio, que refleja las imágenes.

Siempre que me peino, me miro en el **espejo**.

esponja
esponjilla

Objeto de material poroso que sirve para absorber la humedad.

Con la **esponja** lavamos los platos.

esquimal

Pueblo aborigen de las regiones árticas de Asia y América.

Los **esquimales** son originarios de Siberia en el continente asiático.

estatua

Figura esculpida que imita formas humanas o animales.

En la **estatua** del parque siempre se posan las palomas.

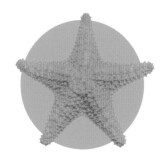

estrella de mar

Animal acuático con el cuerpo en forma de estrella y cubierto de espinas para defenderse.

Las **estrellas de mar** solo viven en agua salada.

estufa

Aparato que sirve para cocinar. Funciona con gas o electricidad.

La **estufa** nos sirve para preparar nuestra comida.

Ff

falda
pollera

Prenda de vestir, usada primordialmente por las mujeres.

En la cultura escocesa, la **falda** es usada también por los hombres.

farol

Caja con un agujero en la parte inferior en el cual se pone una luz.

El **farol** ilumina la noche.

ferrocarril

Transporte con vagones enlazados unos tras otros y que son arrastrados por una locomotora.

Este fin de semana quiero viajar en **ferrocarril**.

flamenco

Aves con patas largas, cuello alargado y curvo y cuerpo color rosa.

Al nacer, el plumaje de los **flamencos** es blanco.

flauta

Instrumento musical de viento en forma de tubo con agujeros.

Aprendemos a tocar la **flauta** en clase de música.

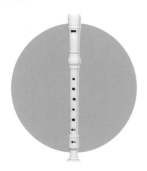

flor

Parte vistosa y colorida de las plantas. Genera las semillas para su reproducción.

A mamá le gustan las **flores**.

florero

Recipiente para colocar las flores.

Con un **florero** vistoso, nuestra casa luce más bonita.

flotador
salvavidas

Objeto de material ligero para mantener a flote a quien lo use.

Por seguridad, hay que usar el **flotador** en la piscina.

foca

Mamífero marino, que pasa parte de su tiempo en la tierra.

Las **focas** son animales sociales e inteligentes.

fósforo
cerilla

Palillo de madera o de papel, con su cabeza cubierta de una sustancia que se prende por fricción.

Con un **fósforo** obtenemos fuego de manera instantánea.

fósil

Vestigios de organismos prehistóricos que con el paso del tiempo se solidificaron en roca.

En algunos museos existen **fósiles** de diferentes animales.

fotografía

Imagen que se obtiene a partir del uso de la técnica fotográfica.

Las **fotografías** de mi abuela están todas en blanco y negro.

fresa
frutilla

Fruta de color rojo, sabor dulce y de aroma característico.

Las **fresas** son mi fruta favorita.

frijoles

Semillas comestibles.

En casa preparamos **frijoles** con arroz.

fuego

Calor y luz producidos por una reacción química.

El **fuego** es una gran herramienta para el hombre.

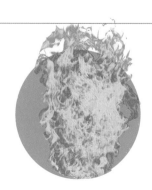

Gg

gabardina
impermeable

Abrigo hecho de tela impermeable.

La **gabardina** me protege de la lluvia.

gafas
lentes

Objeto formado por dos lentes. Se apoya sobre la nariz con un arco y con dos patas sobre las orejas.

Mi madre usa **gafas** para leer.

galletas

Alimento hecho de harina, cocido al horno, con formas diferentes y del tamaño de un bocado.

Las **galletas** pueden ser dulces o saladas.

gallina

Aves de corto vuelo. Se crían para aprovechar sus huevos y su carne.

El caldo de **gallina** es un gran alimento.

ganso
oca

Ave de cuello largo. Sus cortas patas terminan en forma de palma.

Los **gansos** viven más tiempo en la tierra que en el agua.

garfio

Gancho de punta aguda para sujetar cosas.

Mi disfraz de pirata viene con un **garfio**.

gato

Animal doméstico de cabeza redonda, lengua áspera y patas cortas.

Los **gatos** son animales nocturnos.

gemelo

Par de hermanos
que nacen en
el mismo parto.

Mi **gemelo**
es mayor que yo
por cinco minutos.

girasol

Planta de tallo largo,
hojas acorazonadas
y flores amarillas.

De las semillas
del **girasol** podemos
extraer aceite.

gorila

Primate herbívoro de
gran tamaño que habita
en los bosques de África Central.

Los **gorilas** son
una especie en vías de extinción.

gorro

Prenda para cubrir
y abrigar la cabeza.

Un **gorro** de lana
nos protege del frío.

grúa

Máquina usada para levantar
materiales o carga.

Con la **grúa** se levantan
grandes pesos.

guante

Prenda para cubrir,
proteger o embellecer las
manos.

Gato con **guantes**
no caza ratones.

guepardo
chita

Felino de gran tamaño,
con piel moteada.

El **guepardo** es el animal
más rápido del mundo.

guitarra

Instrumento musical con una caja
de madera y seis cuerdas.

La **guitarra** es un instrumento
muy popular.

Hh

halcón

Ave rapaz diurna, con alas largas y puntiagudas, pico fuerte y curvo.

Los **halcones** se alimentan de roedores y otros animales.

hámster

Roedor, parecido al ratón, pero de pelo más largo y suave.

Un **hámster** es una mascota silenciosa.

helado

Postre congelado hecho de agua, leche o crema de leche.

El **helado** es un postre delicioso.

helecho

Plantas sin semillas, ni flores, que se reproduce por medio de esporas.

Un **helecho** necesita humedad para crecer.

helicóptero

Vehículo aéreo que vuela impulsado por una hélice.

Un **helicóptero** puede aterrizar y despegar de forma vertical.

herradura

Pieza en forma de *U* que se le pone en los cascos a los caballos para evitar que se hagan daño al caminar.

Por un clavo se pierde una **herradura**.

hielo

Estado sólido del agua por temperaturas muy bajas.

El agua con **hielo** es refrescante.

hilo

Hebra larga y delgada que se usa para coser.

El taller de mi abuela está lleno de **hilos**.

hipopótamo

Mamífero semiacuático, considerado como el animal más peligroso de África.

Los **hipopótamos** son animales herbívoros.

hoja

Parte plana y delgada, que nace en la extremidad de las ramas o en los tallos de las plantas.

Las **hojas** de las plantas se renuevan por épocas.

hongo
seta

Ser vivo que suele ser parásito o vivir sobre materias orgánicas en descomposición

Algunos **hongos** son comestibles y otros son venenosos.

hormiga

Insecto pequeño, de color oscuro, con antenas y mandíbulas fuertes.

Las **hormigas** viven en grandes colonias subterráneas.

horno
asador

Aparato que sirve para cocinar. Se calienta con leña, electricidad, gas u otras fuentes de energía.

En el **horno** cocinamos el pan y las tortas.

huevo

Cuerpo redondeado que contiene el embrión de las aves.

El **huevo** es una fuente natural de proteína.

hurón

Mamífero carnívoro, con el cuerpo alargado, las patas cortas y el pelaje gris rojizo.

El **hurón** se usa en la caza de conejos.

Ii

ibis

Ave de cuello largo y el pico curvado hacia abajo, que se alimenta primordialmente de crustáceos.

El **ibis** era adorado en el antiguo Egipto.

iglú

Vivienda que se construye con bloques de hielo, que es habitada por esquimales.

Los **iglúes** son usados como refugio para los cazadores.

iguana

Reptil escamoso, que puede llegar a medir uno ochenta metros de longitud, con patas largas y una cresta espinosa.

Las **iguanas** son originarias de América del Sur.

ilusionista

Persona que realiza trucos de magia ante un público.

El **ilusionista** hizo un truco con las cartas.

ilustrador
dibujante

Persona que hace representaciones visuales de un texto.

Mi hermana es **ilustradora** de libros infantiles.

imán
magneto

Mineral de hierro que atrae hierro y acero.

A mi mamá le gusta poner **imanes** en la nevera.

impala

Antílope herbívoro de color marrón. Vive exclusivamente en África.

Los **impalas** pueden saltar más de diez metros.

impermeable
gabardina

Prenda de plástico que no permite el paso del agua.

Mi **impermeable** me protege de la lluvia.

impresora

Dispositivo que permite fijar información sobre papel u otros materiales.

Conectar una **impresora** al computador es muy fácil.

inca

Perteneciente a la cultura precolombina de América del Sur.

Cusco fue la capital del Imperio **inca**.

incienso

Mezcla de resinas aromáticas vegetales que a arder despiden buen olor.

El **incienso** se usa con fines religiosos o terapéuticos.

indígena
aborigen

Persona originaria del territorio que habita.

En América hay muchos pueblos **indígenas**.

inflar
hinchar

Aumentar el tamaño de una cosa con aire o algún tipo de gas.

Me gusta **inflar** globos para las fiestas.

inodoro
retrete

Recipiente en forma de taza usada para evacuar los desechos del cuerpo.

Debo bajar la tapa del **inodoro** después de ir al baño.

insecto

Animal invertebrado, que tiene seis patas y su cuerpo está dividido en cabeza, tórax y abdomen.

Las moscas son **insectos** muy molestos para el hombre.

interruptor

Dispositivo que permite o impide el paso de la corriente eléctrica.

Con el **interruptor** enciendo o apago la luz.

invertebrado

Animales que no tienen columna vertebral.

La lombriz es un **invertebrado**.

invierno

Una de las cuatro estaciones del año. Los días son más cortos y las noches más largas, con temperaturas muy bajas.

En **invierno** hay lluvia y nieve.

inyección

Introducción en el cuerpo de una sustancia mediante una aguja y jeringa.

Cuando estoy muy enfermo, deben aplicarme una **inyección**.

isla
ínsula

Porción de tierra rodeada de agua por todas partes.

Existen **islas** en los ríos, lagos, mares y océanos.

Jj

jabalí
cerdo salvaje

Cerdo salvaje, con cabeza aguda, pelaje muy tupido, y grandes colmillos.

El **jabalí** es un animal temerario.

jabón

Producto a base de sustancias oleaginosas que se utiliza para lavar y para la higiene personal.

Hay que lavarse las manos con agua y **jabón**.

jaguar

Felino que puede alcanzar hasta dos metros de largo. Vive en zonas boscosas de América.

En la cultura moche del Perú el **jaguar** era un símbolo de poder.

jalapeño

Fruto picante originario de México, que se usa en la producción de ajíes y como condimento en las comidas.

El **jalapeño** seco se conoce como chile chipotle.

jamón

Producto que se obtiene de las patas traseras del cerdo.

Mi comida favorita es el sándwich de **jamón** y queso.

jarabe
medicina

Medicamento líquido que suele ser espeso y dulce.

Debo tomar **jarabe** cuando estoy enfermo.

jardín

Terreno para cultivar plantas decorativas.

El **jardín** de mi abuela tiene flores de todos los colores.

jarrón

Recipiente grande que se usa como adorno.

En China los **jarrones** son de buena suerte.

jaula

Caja cerrada con rejas de alambre, madera o un material resistente para mantener animales cautivos.

La **jaula** de mis pájaros es de metal.

jet

Tipo de avión impulsado por motores de reacción.

Los **jets** son aviones muy rápidos.

jinete

Persona que monta a caballo.

Mi mamá es la mejor **jinete.**

jirafa

Mamífero, de cuello y piernas largas de pelaje con parches oscuros.

La **jirafa** es la especie más alta entre los animales terrestres.

joya
alhaja

Pieza de gran valor que se usa como adorno personal.

Mi abuela guarda sus **joyas** en un pequeño cofre.

jugo
zumo

Sustancia líquida que se extrae de los vegetales o las frutas.

Mi **jugo** favorito es el de naranja.

juguete

Objeto destinado a jugar y entretener, generalmente dirigido a los niños.

Me encanta jugar con mi camión de **juguete.**

Kk

Kabuki

Teatro japonés donde los papeles femeninos son representados por hombres.

La palabra *kabuki* se traduce como *el arte de cantar y bailar.*

káiser

Título alemán que significa emperador.

La palabra **káiser** deriva del título de emperador de César, dictador romano.

karate

Arte marcial de autodefensa japonesa.

En **karate**, el cinturón negro es su grado máximo.

karaoke

Interpretación de una canción sobre un fondo musical, mientras se sigue su letra en una pantalla.

Mi juego favorito es cantar en el **karaoke**.

kart

Automóvil pequeño, usado en pistas específicas con intención lúdica o deportiva.

Para montar *karts* debemos usar siempre casco y cinturón.

katana

Sable japonés, que alcanza un metro de longitud y llega a pesar hasta un kilogramo.

En la tradición japonesa, la katana fue usada por los samuráis.

katiuska

Bota de caucho.

Mis **katiuskas** son perfectas para los días de lluvia.

kayak

Canoa de hasta cuatro tripulantes cuyo uso es deportivo.

Los **kayaks** no se impulsan con remo, sino con una pala de doble hoja.

kilogramo

Unidad principal de la masa. Equivale a mil gramos.

Mi mamá compra el arroz por **kilogramos**.

kilómetro

Unidad de medida que equivale a mil metros.

Para ir a la playa, debemos recorrer varios **kilómetros**.

kindergarten

Jardín infantil.

En mi **kindergarten** hay muchos niños y niñas para jugar.

kimono

Túnica larga japonesa que usan hombres y mujeres.

El **kimono** es usado en celebraciones especiales en Japón.

kit

Conjunto de herramientas que sirven para completar una tarea .

Andrés disfruta pintar con su **kit** de arte.

kiwi

Fruto con piel color ocre y cubierta de pelos rígidos y cortos. La pulpa es de color verde brillante.

Los **kiwis** son un fruto ácido y dulce.

koala

Marsupial herbívoro de cuerpo robusto, cubierto de pelo suave y gris.

Los **koalas** duermen más de veinte horas al día.

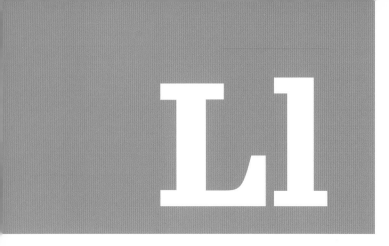

Ll

ladrillo

Pieza, generalmente cerámica, usada para las construcciones.

Mi casa está hecha de **ladrillos**.

lana

Pelo de las ovejas y los carneros. Se usa para hacer tejidos.

Mi abuela me regaló un saco de **lana**.

langosta

Crustáceo, con todas las patas terminadas en pinzas pequeñas, cuatro antenas y cola larga y gruesa.

La carne de la **langosta** es considerada un manjar.

lanzar
botar

Arrojar o tirar algo.

Me gusta **lanzar** pelotas al aire.

lápiz

Pieza de grafito recubierta de madera. Se usa para escribir o dibujar.

Con el **lápiz** puedo dibujar en mi cuaderno.

lata
envase

Envase metálico para guardar líquidos o productos en conserva.

Para el almuerzo abrimos una **lata** de atún.

lavadora

Máquina que se usa para lavar.

En la **lavadora** lavamos mi ropa del colegio.

leche

Líquido blanco que producen los mamíferos hembras para alimento de sus crías.

En mi casa tomamos **leche** todas las mañanas.

lechuga

Hortaliza cultivada como alimento.

La **lechuga** es rica en nutrientes.

lechuza

Ave rapaz nocturna con cara redonda, pico corto y encorvado, ojos grandes y plumaje blanco y aleonado.

Las **lechuzas** se alimentan principalmente de roedores.

león

Felino carnívoro, de cabeza grande y pelo marrón rojizo.

El **león** se considera el rey se la selva.

libro

Conjunto de hojas que forman una obra literaria, científica o de otro tipo.

Mis padres me leen un **libro** antes de dormir.

limón

Fruto del limonero. De color amarillo o verde y pulpa ácida.

Para preparar limonada, necesitamos **limones**, agua y azúcar.

lobo

Mamífero carnívoro, con orejas erguidas, mandíbula fuerte y cola cubierta de pelo.

Los **lobos** son animales muy sociales que siempre se mueven en manada.

Luna

Satélite natural de la Tierra.

La luz de **luna** llena es muy blanca y fuerte.

Mm

maíz

Cereal originario de América cuyo fruto es el choclo.

El **maíz** es la base para hacer los tamales.

maleta
valija

Caja rectangular de tela, cuero o plástico para llevar ropa u objetos en un viaje.

Antes de cada viaje, debo ayudar a empacar mi **maleta**.

manatí
vaca marina

Mamífero acuático de gran tamaño, con la piel grisácea y gruesa y cola larga.

El **manatí** habita en América Central, América del Sur y África.

maní
cacahuete

Semilla comestible de la cual también se extrae aceite.

A los elefantes les encanta el **maní**.

manzana

Fruto del manzano, de color amarillo, verde o rojo, y su interior es de color blanco y sabor dulce.

Las **manzanas** rojas son menos ácidas que las verdes.

mapache

Mamífero nocturno, con el cuerpo cubierto de pelo color gris oscuro, cola larga y el hocico blanco.

Los **mapaches** tienen unos círculos negros alrededor de los ojos.

maracas

Instrumento musical de percusión, con una esfera llena de pequeñas piedras o semillas unida a un mango.

Las **maracas** son un instrumento tradicional de la salsa.

mariposa

Insecto volador, con cuerpo alargado y cuatro alas de colores vistosos.

La vida de las **mariposas** es muy corta.

marrano
chancho

Mamífero de patas cortas, cola pequeña y retorcida, con un hocico casi redondo.

Los **cerdos** son animales omnívoros.

martillo
mazo

Herramienta de trabajo, con una cabeza de metal y un mango de madera.

Los **martillos** sirven para clavar los clavos.

mesa
escritorio

Mueble con una tabla horizontal sostenida por una o más patas.

Todas las noches comemos en la **mesa**.

miel

Sustancia que elaboran las abejas con el néctar de las flores. Es espesa y dulce.

Me encanta la **miel** con tostadas.

mora
zarzamora

Fruto de la morera, de color morado oscuro y sabor agridulce cuando está madura.

La **mora** es perfecta para hacer jugos.

mosca

Insecto negro, con dos alas transparentes y aparato bucal con el que succiona sus alimentos.

Las **moscas** viven en la basura.

moto

Vehículo de dos ruedas impulsado por un motor. Pueden ir uno o dos pasajeros.

Cuando voy en **moto** con mi papá, debo usar casco.

Nn

nabo

Planta con raíz blanca y carnosa, usada como alimento.

El **nabo** es un complemento perfecto en las ensaladas.

nadador

Persona que practica la natación.

Voy a ser un gran **nadador** si entreno fuertemente.

naipe
baraja

Conjunto de cartas con cierto número de imágenes impresas, que se usa en los juegos de mesa.

Todas las tardes mi abuelo juega con los **naipes**.

naranja

Fruto redondo, con cáscara gruesa y pulpa agridulce dividida en gajos.

En las mañanas, tomo jugo de **naranja**.

nariz

Parte del cuerpo por donde respiran la mayoría de los animales vertebrados.

Con la **nariz** identificamos los olores.

Navidad

Fiesta cristiana del veinticinco de diciembre cuando se celebra el nacimiento de Jesucristo.

La **Navidad** es un momento para reunirse en familia.

nevera
refrigerador

Electrodoméstico para mantener fríos los alimentos y las bebidas.

La **nevera** ayuda a la conservación de los alimentos.

nido

Refugio que construyen los animales para poner sus huevos y alimentar a sus crías.

Encontré un **nido** de pájaros en el árbol de mi casa.

ninja

Guerrero japonés entrenado para el espionaje.

Los **ninjas** son tan silenciosos que no puedes notarlos.

nota musical

Signos que se utilizan en la música para representar los sonidos.

Las notas musicales son do, re, mi, fa, sol, la, si, do.

novillo

Cría macho de la vaca que tiene entre dos y tres años.

Los **novillos** son llamados toros cuando cumplen los tres años.

nudo

Lazo que se cierra para que no se pueda soltar por sí solo.

Debo hacer **nudos** en los cordones para que no se suelten los zapatos.

nuez

Fruto del nogal, con cáscara dura y de color marrón claro dentro.

La **nuez** es el alimento favorito de las ardillas.

número

Expresión de cantidad.

En el colegio, aprendimos los **números** del uno al diez.

nutria

Mamífero carnívoro de color rojizo que vive a orillas de ríos y arroyos.

Las **nutrias** tienen un pelaje impermeable.

Ññ

ñame

Planta trepadora originaria de los países tropicales. Su fruto es un tubérculo comestible parecido a la papa.

El **ñame** es rico en almidón.

ñandú

Ave originaria de América del Sur. Corre a grandes velocidades, ya que es incapaz de volar.

El **ñandú** puede superar los 80 kilómetros por hora de velocidad.

ñato

Persona o animal con la nariz corta y aplastada.

La mayoría de los primates son **ñatos**.

ñoqui

Tipo de pasta que se elabora con papa, harina, mantequilla, huevo y queso.

El **ñoqui** es originario de Italia.

ñu

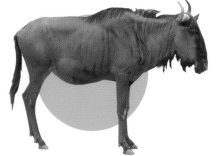

Antílopes de África. Tienen la crin larga y desgreñada y una barba que cuelga hasta el pecho. Sus patas son largas y sus pezuñas son afiladas.

El **ñu** es un animal herbívoro.

Oo

obelisco

Pilar alto, con cuatro caras iguales y terminado en punta.

Los primeros **obeliscos** se construyeron en Egipto.

oboe

Instrumento musical de viento en forma de tubo con varios agujeros circulares.

Quien toca el **oboe** se llama oboísta.

obrero constructor

Persona que se dedica al trabajo manual.

Mi padre es un **obrero** de la construcción.

obsequio

Regalo.

Mis **obsequios** favoritos son los libros y los juguetes.

observatorio

Edificio dedicado a la observación del cielo y del espacio.

En el **observatorio** estudiamos los astros.

ojo

Órgano de la vista.

Ojos que no ven, corazón que no siente.

olivo

Árbol de la región mediterránea cuyo fruto es la aceituna.

De los frutos del olivo se extrae el aceite de **oliva**.

olla
cacerola

Recipiente redondo de barro o metal usado para cocinar.

En la **olla** hacemos el arroz.

orangután

Especie de mono con brazos muy largos. Puede llegar a medir hasta dos metros.

El **orangután** vive libremente en África.

orca

Cetáceo de color blanco y negro con una aleta dorsal muy larga.

Las **orcas** hembras son más pequeñas que los machos.

orégano

Planta aromática que se usa como condimento.

La pasta sabe mejor con **orégano**.

oreja

Parte externa del oído.

Las **orejas** nos sirven para escuchar.

origami

Arte de plegar el papel para crear figuras.

El *origami* nació en Japón.

oro

Metal precioso de color amarillo.

Mi mamá tiene unos aretes de **oro**.

orquídea

Flor de extrema belleza con formas variadas y colores vivos.

Las **orquídeas** necesitan mucho cuidado para crecer.

oruga

Larva de las mariposas.

Las **orugas** se alimentan de vegetales.

oso

Mamífero de gran tamaño, con un pelaje espeso y grandes patas.

Los **osos** son omnívoros.

ostra

Molusco comestible que vive dentro de una concha.

Dentro de las **ostras** se producen las perlas.

oveja

Hembra del carnero. Animal rumiante de lana espesa.

De las **ovejas** conseguimos la lana para nuestras prendas.

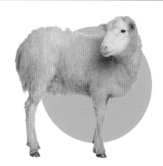

overol

Prenda de mezclilla usada primordialmente para el trabajo.

El **overol** de mi papá es azul.

Pp

pala

Herramienta con mango y una plancha de metal en uno de sus extremos.

Usamos la **pala** para cavar un hueco en el jardín.

palmera
palma

Árbol que crece a más de veinte metros de altura, con un tronco áspero y copa formada por hojas.

Vimos muchas **palmeras** cuando fuimos al mar.

paloma

Ave de cabeza pequeña, cuerpo rechoncho y cola ancha.

La **paloma** es el símbolo de la paz.

pan

Alimento hecho de harina de trigo o de diferentes granos, que se cocina al horno.

En nuestra mesa siempre hay **pan**.

pantera negra

Variedad de felino grande de piel negra.

En el zoológico, vimos una **pantera negra**.

papa
patata

Tubérculo comestible originario de América del Sur.

El Perú es el país con mayor diversidad de **papas** en el mundo.

pasta

Masa de harina de trigo y agua, que se presenta en forma de fideos, tallarines, entre otros.

La **pasta** es un plato muy popular en Italia.

pato

Ave acuática, de patas
y cuello corto,
con un pico ancho
en la punta.

Me gusta lanzarles pan a los **patos**.

pera

Fruto comestible
del peral, con la pulpa
blanca y dulce.

Las **peras** son dulces
y blandas cuando están maduras.

perro
can

Mamífero doméstico,
que según la raza varía
la forma, el tamaño y el pelaje.

Mi raza de **perro** favorita son los pug.

piano

Instrumento musical
de teclado y cuerdas.

El **piano** es un
instrumento con un
sonido hermoso.

piña

Fruto del ananá, con un centro
carnoso, piel dura y espinosa
y una corona de hojas.

La **piña** es perfecta para
hacer mermelada.

plátano

Fruto que crece en racimos
con un sabor dulce al
madurar.

Con el **plátano** verde
podemos hacer patacones.

pluma

Pieza que cubre el cuerpo
de las aves.

Las **plumas** de las palomas
son grises.

puma

Felino carnívoro, parecido
al tigre, que vive en serranías
y llanuras.

El **puma** es originario de América.

Qq

quechua

Pueblo indígena originario de América del Sur.

El **quechua** es una lengua muy hablada en el Perú.

quelonio

Tipo de réptil, de tronco corto, con un caparazón que protege su cuerpo.

Las tortugas son un tipo de **quelonio**.

quemar

Consumir con fuego.

Cuando se **quema** una cerilla, se consume muy rápidamente.

quena

Flauta con cinco agujeros, muy popular en el Perú, en Ecuador y en Bolivia.

La **quena** es un instrumento típico de la música andina.

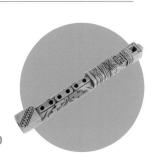

quepis

Gorra con visera usada por militares y guardias.

Mi abuelo tiene una gran colección de **quepis**.

querubin

Ángeles, considerados como guardianes.

Los **querubines** suelen ser niños con alas.

quesadillas

Tortilla de maíz rellena de queso.

La **quesadilla** es un plato típico de México.

queso

Alimento que se obtiene con la maduración de la leche cuajada.

El **queso** puede hacerse con leche de vaca, cabra, u otros animales rumiantes.

quetzal

Ave trepadora con el plumaje de color verde muy brillante, con el pecho y abdomen rojo.

El **quetzal** es común en el trópico.

quevedos

Lentes circulares, con una armadura que les permite sujetarse en la nariz.

Los **quevedos** no tienen patas como los lentes normales.

Quijote

Héroe de la obra del autor español Miguel de Cervantes.

El compañero incondicional del **Quijote** es Sancho Panza.

química

Ciencia que estudia la estructura, propiedades y transformaciones de la materia.

Mi estuche de **química** sirve para hacer experimentos.

quinua

Cereal comestible que aporta gran cantidad de proteínas al cuerpo.

La **quinua** es un alimento sagrado para los incas.

quiosco

Pequeña construcción de materiales perecederos.

En el **quiosco** conseguimos el periódico del día.

quitasol
parasol

Sombrilla para resguardarse del sol.

Abrimos el **quitasol** del patio cuando hace mucho sol.

rábano

Planta de raíz carnosa y comestible.

El **rábano** es originario de Asia.

radio

Dispositivo electrónico que transmite frecuencias radiales.

Mi abuelo escucha las noticias en el **radio**.

rama

Parte que nace del tronco o tallo principal de la planta.

Para subir al árbol, trepamos por las **ramas**.

rana

Anfibio saltador con la piel verdosa. Vive cerca de las aguas estancadas.

Las **ranas** se alimentan de pequeños insectos.

raqueta

Aro de metal o madera con una red unido a un mango usado para jugar al tenis.

Siempre llevo mi **raqueta** para la clase de tenis.

ratón

Roedor pequeño, cubierto de pelos.

A los **ratones** les encanta comer queso.

regla

Instrumento rectangular usado para trazar líneas rectas o tomar medidas.

En mi cartuchera, tengo una **regla**, un lápiz y un borrador.

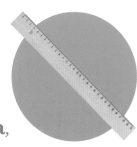

reloj

Máquina usada para medir el tiempo en horas, minutos y segundos.

El **reloj** de mi cuarto también es despertador.

remo

Instrumento usado para impulsar embarcaciones en el agua.

El **remo** de mi bote está hecho de madera.

reno

Mamífero de grandes cuernos que vive en los bosques.

El **reno** es uno de los símbolos de la Navidad.

resorte

Pieza elástica o de metal doblada en espiral.

Mi **resorte** es multicolor.

rinoceronte

Mamífero con uno o dos cuernos cortos, la piel rugosa y gris.

Los **rinocerontes** llegan a vivir más de sesenta años.

roca

Piedra muy dura y sólida.

El camino de entrada de mi casa está hecho de **rocas**.

rosa

Flor del rosal, de pétalos grandes en forma de corazón.

En el Día de la Madre, siempre le regalamos **rosas** a mi mamá.

rueda

Objeto circular que gira sobre su eje.

Todos los vehículos terrestres necesitan **ruedas** para movilizarse.

Ss

sal

Sustancia blanca, cristalina, muy abundante en la naturaleza y clave para la alimentación humana.

Mi mamá prepara el arroz con **sal**.

salamandra

Reptil de entre doce y treinta centímetros de largo, con patas cortas y cuerpo alargado.

La **salamandra** común es de color negro con manchas amarillas.

salmón

Pez de color azulado en el dorso y plateado en el vientre.

La carne del **salmón** es una gran fuente de proteína.

sandía

Fruto de color rojo, muy dulce y jugoso.

Me gusta la **sandía**, pero tiene muchas semillas.

sartén
paila

Utensilio de cocina, usado para freír.

En la **sartén** freímos el filete de pescado.

satélite artificial

Nave espacial enviada para orbitar alrededor de asteroides o planetas.

En mi casa usamos un servicio de televisión **satelital**.

saxofón
saxófono

Instrumento de viento, metálico, inventado a comienzos del siglo XX.

El **saxofón** es muy importante en el *jazz*.

sello

Marca o nombre comercial de un producto. Instrumento que sirve para estampar dicho signo.

La elegancia es **sello** de distinción.

semáforo

Dispositivo para controlar el tráfico. Emite una luz roja, otra amarilla y una verde.

En el **semáforo**, la luz roja indica que debemos detenernos.

serpiente
culebra

Reptil alargado y sin patas.

Algunas **serpientes** son venenosas.

serrucho
sierra

Herramienta en forma de sierra, con mango. Se usa para cortar madera.

El **serrucho** es la mano derecha del carpintero.

silla

Mueble que sirve como asiento para una persona.

En la mesa del comedor hay una **silla** para cada uno.

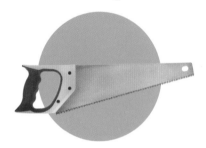

sofá
diván

Asiento cómodo y mullido para dos o más personas.

En el **sofá** podemos leer muy cómodos.

soga
amarra

Cuerda gruesa.

Trepamos por una **soga** en clase de gimnasia.

sombrero

Prenda de vestir para la cabeza.

El **sombrero** nos protege del sol.

Tt

tambor
timbal

Instrumento de percusión para marcar el ritmo.

Mi corazón late al ritmo de un **tambor**.

teclado

Dispositivo de teclas que nos sirve para operar una máquina, por ejemplo el teclado de un computador.

Un **teclado** nos sirve para escribir.

teléfono

Artefacto que permite transmitir la voz por medios electrónicos o electromagnéticos.

En casa nunca contestan el **teléfono**.

televisor

Aparato para reproducir imágenes y sonidos transmitidos por ondas, por cable, por satélite, etc.

Apaga el **televisor** y abre un libro.

tenedor

Utensilio de mesa para tomar alimentos sólidos.

Para cenar usamos el **tenedor**, el cuchillo y la cuchara.

tiburón
escualo

Pez marino y carnívoro.

El **tiburón** blanco es un cazador implacable.

tigre

Gran mamífero felino que vive en algunas partes de África y Asia.

El **tigre** de Bengala está en peligro de extinción.

tijeras

Herramienta manual para cortar, formada por dos hojas afiladas unidas por un tornillo.

Las **tijeras** son ideales para cortar papel.

timón
volante

Dispositivo que se utiliza para direccionar un vehículo.

Cambió la dirección con un golpe de **timón**.

títere

Muñeco que se mueve por medio de hilos u otro procedimiento.

Una marioneta es un **títere** con cuerdas.

tomacorriente

Dispositivo con ranuras que permite el paso de la corriente eléctrica.

Los niños no deben jugar con el **tomacorriente**.

tomate

Fruto rojo y jugoso de la tomatera. Alimento muy popular en todo el mundo.

El **tomate** es un gran aporte de América a la comida mundial.

tractor
remolcador

Vehículo usado en las labores del campo.

Mi abuelo usaba el **tractor** para llevar y traer paja.

trampolín

Tablero ligero y flexible usado para saltar a una piscina.

El salto de **trampolín** es un deporte olímpico.

trofeo
premio

Objeto que reciben los ganadores como símbolo de victoria.

El **trofeo** es señal del triunfo.

Uu

ubre

Glándula mamaria en los mamíferos.

Los borregos toman leche de la **ubre** de sus madres.

ukelele

Instrumento musical de cuerdas semejante a la guitarra, pero más pequeño.

El **ukelele** es muy importante en Hawái.

ultrasonido

Onda acústica con una frecuencia que está por encima del umbral de audición del humano.

Los **ultrasonido**s son implementados en las ecografías.

ulular

Dar gritos o alaridos.

Cuando **ululo** por el megáfono todo se escucha más fuerte.

ungüento
pomada

Medicamento que se unta sobre el cuerpo.

El **ungüento** se prepara con aceites.

unicolor

De un solo color.

Mi pantalón es **unicolor**.

unicornio

Animal fabuloso con cuerpo de caballo y un cuerno en mitad de la frente.

El **unicornio** se considera un símbolo de fuerza.

uniforme

Prenda igual y reglamentaria para las personas de un mismo grupo.

Mi **uniforme** de *scout* es azul.

universidad

Institución de enseñanza superior.

Después de graduarnos en el colegio vamos a la **universidad**.

universo

Totalidad del espacio y del tiempo.

El **universo** se creó gracias al *Bing Bang*.

uno

Primer número natural entero.

En el colegio aprendí a contar del **uno** al diez.

uña

Parte dura que crece en los extremos de los dedos.

Las **uñas** deben cortarse con regularidad.

urano

Séptimo planeta del sistema solar.

Urano tiene veintisiete lunas.

urbano

metropolitano

Persona de la ciudad.

Las personas **urbanas** viven una vida muy agitada.

urgencia

Situación que requiere atención inmediata.

En los hospitales, vamos a urgencias cuando necesitamos que nos atiendan rápidamente.

urna

Contenedor de cerámica o materiales similares usados para guardar reliquias.

En el museo, los objetos se guardan en **urnas**.

urraca

Pájaro de plumaje blanco y negro y cola larga.

Las **urracas** remedan palabras y sonidos musicales.

utensilio
herramienta

Objeto que utilizamos para realizar labores.

Algunos **utensilios** de cocina son el cucharón, la espátula, entre otros.

útiles

Utensilio para desempeñar una acción determinada.

Mis **útiles** para la escuela son el lápiz, los colores, el bolígrafo y el borrador.

uva

Fruto de la vid, de color blanco, verde o morado que forma un racimo.

Con las **uvas** se hace el vino.

vaca
res

Mamífero rumiante, domesticado por su carne y su leche.

La **vaca** es un animal sagrado en la India.

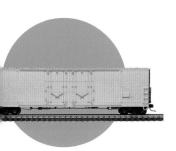

vagón

Vehículo ferroviario jalonado por una locomotora para transportar personas o mercancías.

Un **vagón** cisterna se usa para transportar líquidos.

vaquero

Persona encargada de trabajar cuidando rebaños de ganado vacuno.

El **vaquero** arrea el ganado desde el llano hasta su corral.

vaso

Recipiente para líquidos que sirve para beber.

Los **vasos** de mi casa son de vidrio.

vela

Cilindro de material combustible, con una cuerda en el centro. Se utiliza para iluminar.

El amor es como una **vela** al viento: si no la cuidas, se apaga.

velero

Embarcación ligera que se mueve por la acción del viento.

El **velero** es una nave ágil.

venado
ciervo

Mamífero rumiante, cérvido. Es herbívoro y vive en los bosques.

El **venado** es un animal ágil y escurridizo.

venda
apósito

Tira de gasa o tela para cubrir heridas.

Una **venda** debe estar bien desinfectada para evitar infecciones.

ventana

Abertura en una pared para suministrar aire y viento a una construcción.

Cuando la pobreza entra por la puerta, el amor se escapa por la **ventana**.

ventilador

Aparato con aspas que hace circular el aire de una habitación.

El **ventilador** nos sirve para mantenernos frescos durante el verano.

vicuña

Mamífero que vive de forma salvaje en los Andes peruanos.

La lana de las **vicuñas** es fina y abrigadora.

vikingo

Pueblos nórdicos originarios de Escandinavia.

Los **vikingos** eran grandes navegantes y aventureros.

vino

Bebida alcohólica obtenida por la fermentación del zumo de uva.

Con pan y con **vino** se anda el camino.

violín

Popular instrumento musical de cuatro cuerdas. Mide unos sesenta centímetros y su sonido es agudo.

La felicidad es algo que se practica, como el **violín**.

viruta

Residuo de madera o metal que suelta un objeto al desbastarlo.

Cuando saco punta a mi lápiz sale **viruta**.

Ww

waterpolo

Deporte de pelota que se juega en una piscina entre dos equipos.

El equipo azul ganó el partido de **waterpolo**.

web

Red informática que permite las comunicaciones vía Internet.

A través de la **web** podemos acceder a nueva información.

Windsurf

Deporte en el que se usa una tabla con vela para desplazarse en el agua.

Pablo viajó a la playa para practicar **windsurf**.

Xx

xerocopia

Copia fotográfica que se obtiene mediante un proceso de impresión en seco.

Ayer nos pidieron unas **xerocopias** de los ejercicios que hicimos en clase.

xilófono

Instrumento musical de percusión, con láminas de madera que se golpean con macillos.

Las láminas del **xilófono** son de diferentes tamaños.

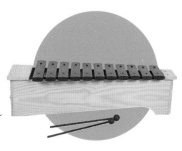

xilografía

Técnica de impresión con un sello tallado en madera.

Tengo una colección de sellos para hacer **xilografía**.

Yy

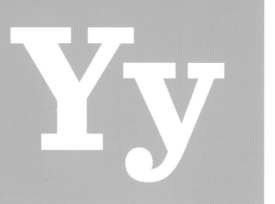

yate

Barco para uso recreativo.

Mis papás celebraron su aniversario en un **yate**.

yegua

Caballo de género femenino.

Me gusta cabalgar en la finca con mi **yegua**.

yoyó

Juguete formado por un disco ahuecado que sube y baja a lo largo de la cuerda.

El **yoyó** fue inventado en China.

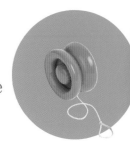

yuca

Planta de raíz comestible.

La **yuca** debe cocinarse antes de comer.

yunque

Objeto de hierro sobre el que se forjan los metales.

Los **yunques** pueden llegar a pesar hasta doscientos kilogramos.

Zz

zanahoria

Planta herbácea. Su raíz anaranjada y de forma cónica es un delicioso alimento.

La **zanahoria** es buena fuente de vitaminas A y D.

zapallo

Verdura de cáscara dura, con pulpa y semillas comestibles.

Los **zapallos** se usan para decorar las casas en el día de Halloween.

zapato

Accesorio para proteger el pie, que lo cubre total o parcialmente sin sobrepasar el tobillo.

Un **zapato** limpio es símbolo de aseo.

zarigüeya

Marsupial parecido a la rata. Vive en toda América.

La **zarigüeya** es pariente de los canguros.

zorro

Mamífero de la familia cánida, de tamaño mediano y patas cortas.

El **zorro** rojo es la especie más grande y conocida de los zorros.